ÉPITRE
A
VOLTAIRE.

ÉPITRE

A

VOLTAIRE;

PAR M. DE CHÉNIER,

DE L'INSTITUT NATIONAL.

A PARIS,

DE L'IMPRIMERIE DE DIDOT JEUNE.

Chez DABIN, Libraire, Palais du Tribunat.

1806.

ÉPITRE

A VOLTAIRE.

Auteur brillant et fin, dont les nombreux ouvrages
Enchantent les héros, les belles et les sages;
Qui sais par le plaisir captiver ton lecteur;
Effroi du sot crédule et du lâche imposteur,
Mais du bons sens, du goût aimable et sûr arbitre;
Voltaire, en t'adressant ma véridique Epitre,
J'aurai soin, pour raison, de ne pas l'envoyer
Devers le paradis dont Céphas est portier;
Lieu saint, mais ennuyeux, où les neuf chœurs des anges,
Au maître du logis entonnant ses louanges,
De prologues sans fin lassent la Trinité,
Et chantent l'opéra durant l'éternité.
Rien n'est plus musical; mais l'Élysée antique,
Malgré Châteaubriant, paraît plus poétique :
On s'y promène en paix sans flagorner les Dieux;
On y chante un peu moins, mais on y parle mieux :
Et c'est-là que, du temps bravant la course agile,
Entre Sophocle, Horace, Arioste et Virgile,

Tu jouis avec eux des honneurs consacrés
Aux talens bienfaiteurs qui nous ont éclairés.

D'un âge éblouissant tu vis la décadence:
Il expirait sans gloire aux jours de ton enfance;
Et Louis n'était plus cet heureux potentat
Qui de l'éclat des Arts empruntait son éclat,
Quand Pascal et Boileau, par une habile étude,
Polissaient le langage encor timide et rude;
Quand Molière, à grands traits, flétrissant l'imposteur,
Créait la Comédie, et marquait sa hauteur;
Quand, égal à Sophocle et vainqueur de Corneille,
Racine d'Athalie enfantait la merveille.
Tout avait disparu. L'écho de Port-royal
Dès longtemps, mais en vain, redemandait Pascal;
Corneille dans la tombe avait suivi Molière;
Racine en courtisan terminait sa carrière;
Et Boileau, sans succès faisant des vers chrétiens,
Reste des grands talens, survivait même aux siens.
Heureux sous Luxembourg, sous Condé, sous Turenne,
Leurs soldats orphelins fuyaient devant Eugène;
Au héros de Marsaille, éloigné par son roi,
On voyait dans les camps succéder Villeroi,
Favori de Louis plus que de la Victoire,
Et grand à l'œil-de-bœuf, mais petit dans l'histoire.
Il est vrai toutefois que le sabre à la main

On savait convertir les enfans de Calvin ;
Mais des tribus en pleurs qui fuyaient leur patrie
Vingt peuples accueillaient l'hérétique industrie.
Chaque jour la Sorbonne admirait sur ses bancs
D'Ignace et d'Escobar les doctes partisans ;
Il faut bien l'avouer : mais la triple alliance
D'un règne ambitieux punissait l'insolence ;
Et dans Versailles même, au nom du peuple anglais,
Bolingbrocke à Louis venait dicter la paix.

Un temps moins sérieux vit briller ta jeunesse.
S'amusant à Paris de la commune ivresse,
Plutus ôtait, rendait, retirait tour-à-tour
Ses dons capricieux et sa faveur d'un jour.
Le laquais enrichi, prompt à se méconnaître,
Se carrait dans l'hôtel qu'abandonnait son maître,
Et, de ce même hôtel le lendemain chassé,
Par son laquais d'hier s'y trouvait remplacé.
En soutane écarlate on voyait le scandale
Souiller de Fénélon la mitre épiscopale :
Plus de frein : le plaisir fut le cri de la cour ;
De quelque jansénisme on accusait l'amour ;
Et Philippe, entouré de cent beautés piquantes,
Semblait le Dieu du Gange au milieu des Bacchantes.

Mais couverts si longtemps du manteau de Louis,
Du moins après sa mort les bigots moins hardis

Avaient perdu le droit d'opprimer tout mérite :
A la ville, on bernait leur emphase hypocrite ;
A la cour de Philippe ils n'avaient point d'accès.
Déjà vers le déclin du vieux sultan français,
Bayle, savant modeste, et raisonneur caustique,
Tenait loin de Paris sa balance sceptique.
A pas lents quelquefois s'avançait à propos
Le normand Fontenelle, amoureux du repos,
Bel esprit un peu fade, et sage un peu timide.
Montesquieu, plus profond, plus fin, plus intrépide,
Amenant parmi nous deux voyageurs persans,
Essaya sous leur nom de venger le bon sens :
D'Usbec et de Rica les mordantes saillies,
Par la raison publique en naissant accueillies,
Couvraient les préjugés d'un ridicule heureux,
Et le Français malin s'aguérissait contre eux.

Tu parus. A ta voix, maint dévot sycophante,
Tressaillit de colère, et surtout d'épouvante,
Soit lorsqu'en vers brillans, par Sophocle inspirés,
Tu déclarais la guerre aux charlatans sacrés ;
Soit quand tu célébrais sur la trompette épique
Ce Bourbon, roi loyal, mais douteux catholique.
Hélas ! bien jeune encor tu connus les revers ;
Et ta muse héroïque a chanté dans les fers.
Sortant du noir château qu'habitait l'esclavage,

Tu courus d'Albion visiter le rivage;
Et, par elle éclairé, tu revins sur nos bords
De sa philosophie apporter les trésors.
Cirey te vit longtemps, sous les yeux d'Emilie,
Te faire un avenir et préparer ta vie;
De Loke et de Newton sonder les profondeurs;
Soumettre la morale à tes vers enchanteurs;
Ou, prenant tout-à-coup l'Arioste pour maître,
L'imiter, l'égaler, le surpasser peut-être.
Cet aimable mondain qui vantait les plaisirs
A l'austère Clio dévouait ses loisirs:
Aux mœurs des nations désormais consacrée,
L'histoire n'était plus la gazette parée;
Et de la Vérité le rigoureux flambeau
Des oppresseurs du monde éclairait le tombeau.
Ce n'était point assez: d'un ton plus énergique
Ta raison, s'élevant sur la scène tragique,
Du genre humain trompé retraçait les malheurs,
Et l'auditoire ému s'instruisait par des pleurs.

De ces nobles travaux quel était le salaire?
Le même qu'obtenaient et Racine et Molière,
Quand leur gloire vivante importunait les yeux:
Des succès contestés, et beaucoup d'envieux.
A force de combattre une ligue ennemie,
Tu vins à cinquante ans, en notre académie,

Siéger avec Danchet, Nivelle et Marivaux,
Que pour l'honneur du corps on nommait tes rivaux.
Tu vainquis cependant l'orgueilleuse ignorance;
Desfontaines, Fréron n'abusaient point la France.
Si du bon Loyola ces renégats pervers
D'Alzire et de Mérope outrageaient les beaux vers,
Tous les soirs le public en savourait les charmes,
Et sifflait des journaux réfutés par ses larmes.
Caressant des bigots le crédit oppresseur,
Dévotement jaloux, Crébillon le censeur,
Crébillon, dont le style indigna Melpomène,
A ton fier Mahomet voulait fermer la Scène:
Mais bientôt d'Alembert, censeur moins timoré,
Opposait au scrupule un courage éclairé.
Contre un vieux cardinal quinteux et difficile
Tu soulevais un pape, au défaut d'un concile:
Et si, loin des Beaux-Arts, l'amant de Pompadour,
Soigneux de respecter l'étiquette de cour,
T'interdisait Versaille, où, portant sa livrée,
Dominait en rampant la bassesse titrée,
Frédéric à Berlin t'appelait près de lui,
Et l'égal d'un grand homme en devenait l'appui.
  Là régnait chez un roi l'esprit philosophique,
Et l'empire à souper passait en république.
Frédéric oubliait de fastueux ennuis:

Tout riait à sa table, excepté Maupertuis.
Recherchant la faveur, craignant le ridicule,
Et cru, lorsqu'il flattait, par un prince incrédule,
Maupertuis de la cour exila les bons mots.
Eh! qui ne connaît point la gravité des sots?
Aux bons mots toutefois rarement elle échappe.
Médecin de l'esprit plus encor que du Pape,
Tu conçus le projet de guérir un Lapon
Se croyant à-la-fois Fontenelle et Newton,
Bel esprit géomètre, aspirant au génie,
Et grand calculateur en fait de calomnie.
Il t'avait offensé. N'en déplaise au pouvoir,
La défense est un droit, souvent même un devoir.
Tu fis bien de répondre, et mieux de disparaître,
En regrettant l'ami, mais en fuyant le maître.

Loin de lui cependant que de fois tes regards
Ont suivi ce héros qui chérit tous les arts!
Qui sur tant de périls fonda sa renommée;
Qui forma, conduisit, ménagea son armée;
Qui fut historien, philosophe, soldat;
Qui t'écrivit en vers la veille d'un combat,
Rima le beau serment de mourir avec gloire,
Vécut, et pour rimer remporta la victoire;
Appauvrit les Saxons, enrichit ses sujets;
Fit toujours à propos et la guerre et la paix;

Aima sans l'estimer l'autorité suprême,
Et sourit sur le trône à la Liberté même.

Ah ! Cette Liberté qui régnait dans ton cœur
Ne sait pas d'un coup-d'œil attendre la faveur,
Et, du palais des rois hôtesse passagère,
N'y peut gêner longtemps son allure étrangère.
Elle rit de te voir apprenti courtisan,
Et te fit ses adieux quand tu fus chambellan.
Mais, dégagé bientôt de tes liens gothiques,
Tu vins la retrouver sur les monts helvétiques.
Elle vit toute entière en ce chant inspiré
Qu'aux nymphes du Léman ta lyre a consacré.
O silence des bois ! solitude éloquente !
Sans appui, loin de vous, la pensée inconstante,
Au milieu du torrent des esprits agités,
Dans la pompe des cours, dans le bruit des cités,
Par un mélange impur s'affaiblit et s'altère ;
Mais, prompte à dépouiller sa parure adultère,
Seule dans les loisirs d'un champêtre séjour,
Elle croît et s'épure aux rayons d'un beau jour.
Qui sait aimer les champs ne peut rester esclave.
Egaré quelquefois dans le palais d'Octave,
C'est au sein des forêts que Virgile en repos
Se retrouvait poète, et chantait les héros :
C'est-là que Cicéron, libérateur de Rome,

Sur les devoirs humains écrivait en grand homme,
Peignait de l'amitié les soins religieux,
Et sur leur providence interrogeait les Dieux.
 Les bords du Mincio, les rives du Fibrène,
Qu'aimait à célébrer l'urbanité romaine,
Ne l'emporteront pas dans la postérité
Sur le rivage heureux de ton lac argenté.
Remplissant de Ferney l'asile solitaire,
Ta gloire avait rendu chaque heure tributaire.
A des succès nombreux ajoutant des succès,
Et, pour mieux les instruire, amusant les Français,
Joignant à la raison la grâce et l'harmonie,
Tu planais sur le siècle où brilla ton génie.
Quel siècle! vainement un ramas d'écrivains
Ose lui prodiguer d'injurieux dédains:
Sans pouvoir éclairer leur aveugle ignorance,
L'éclat de son midi luit encor sur la France.
Montesquieu, dans ce siècle, osant juger les lois,
Des peuples asservis revendiqua les droits,
Du pouvoir absolu vengea l'espèce humaine,
Et fit rougir l'esclave en lui montrant sa chaîne.
Diderot, d'Alembert, contre les oppresseurs
Sous un libre étendard liguèrent les penseurs;
Et l'arbre de Bacon, bravant plus d'un orage,
Par degrés sur l'Europe étendit son ombrage.

Buffon de l'art d'écrire atteignit les hauteurs :
Prodiguant la richesse et l'éclat des couleurs,
Il peignit avec art la nature éternelle.
Moins paré, mais plus beau, mieux inspiré par elle,
D'après elle toujours voulant nous réformer,
En écrivant du cœur Rousseau la fit aimer.
O Voltaire ! son nom n'a plus rien qui te blesse :
Un moment divisés par l'humaine faiblesse,
Vous recevez tous deux l'encens qui vous est dû :
Réunis désormais, vous avez entendu,
Sur les rives du fleuve où la haine s'oublie,
La voix du genre humain qui vous réconcilie.

Que votre âge imposant a bien rempli son cours !
Quand, de l'expérience empruntant le secours,
Les sciences d'Hermès, d'Archimède et d'Euclide,
En des chemins frayés marchaient d'un pas rapide ;
Parmi de vains débris, écueils de nos ayeux,
Le génie imprimait ses pas audacieux :
Des sens, de la pensée il tentait l'analyse,
Et la nature humaine à l'homme était soumise.
On la chercha longtemps : dédaignant d'observer,
Descartes l'inventa ; Loke sut la trouver :
Condillac, après lui, d'une marche plus sûre,
Pénétrait plus avant dans cette route obscure.
Pour toi, des imposteurs ennemi déclaré,

Tu signalais partout le mensonge sacré,
L'encensoir à la main, conquérant la puissance;
Partout l'ambition, l'intérêt, la vengeance,
Elevant tour-à-tour sur un tréteau divin
Moyse et Mahomet, Céphas et Jean Calvin.
Bayle en des rets subtils enveloppa sans peine
Des pieux ergoteurs la logique incertaine;
Et Fréret, descendu sur la route des temps,
Sapa l'antique erreur jusqu'en ses fondemens;
Mais, armant la raison des traits du ridicule,
Toi seul as renversé sous tes flèches d'Hercule
La Superstition, qui, du pied des autels,
Instruit l'homme à ramper devant des dieux mortels.
Tu n'as pas combattu le dogme salutaire
Que Socrate expirant annonçait à la terre;
Et, laissant les docteurs librement pratiquer
L'art de ne rien comprendre et de tout expliquer,
Sans crier, tout est bien, lorsque le mal abonde,
Sans trop examiner si les troubles du monde
Sont les vrais élémens de l'ordre universel,
Tu reconnus ce Dieu, géomètre éternel,
Aperçu par Newton dans la nature entière;
Pur esprit dont les lois font marcher la matière,
Mais que, d'un télescope armant ses faibles yeux,
Lalande après Newton n'a pas vu dans les cieux.

Échappés cependant à l'empire des prêtres,
Des élèves nombreux, dirigés par des maîtres,
Animés de la voix, du geste et du regard,
De la Philosophie arboraient l'étendard.
Les talens imploraient son appui nécessaire.
Elle aida Marmontel à peindre Bélizaire;
Elle ouvrit ses trésors au jeune Helvétius,
Qui lui sacrifia les trésors de Plutus;
Elle aima de Raynal la fière indépendance;
Saint-Lambert la charma par sa noble élégance;
La Harpe... Je m'arrête; il osa la trahir!
Chamfort la défendit jusqu'au dernier soupir;
Thomas fut son organe en louant Marc-Aurèle;
Et Condorcet périt en écrivant pour elle.

Puissance reconnue, elle obtint à la fois
L'amour des nations et le respect des rois.
Le fils et non l'égal des généreux Gustaves
L'invoquait sans pudeur en faisant des esclaves:
Aux bords de la Néva deux reines tour-à-tour
La révéraient de loin sans l'admettre à la cour:
Joseph lui confiait les droits du diadême:
Lambertini l'aimait: Clément le quatorzième
La laissait quelquefois toucher à l'encensoir:
En plein conseil d'état Turgot la fit asseoir:
Au sein des parlemens, qu'étonnait sa présence,

De Servan, de Monclar elle arma l'éloquence ;
Et, chez les fiers Bretons, elle dicta l'écrit
Que traça dans les fers la Chalotais proscrit.
Elle unit le savoir à des mœurs élégantes ;
Inspira dans Paris à cent femmes charmantes
Le goût de la lecture et des doux entretiens ;
De la société resserra les liens ;
Des rangs moins aperçus rapprocha la distance :
Des pédans à rabat trompant la vigilance,
Sur les bancs du collége elle osa se placer,
Et dans le couvent même on apprit à penser.

MÉPRISANT des rhéteurs le stérile étalage,
Tu connus l'art de vivre, et tu vécus en sage.
Les siècles rediront aux siècles attendris
Cent traits plus beaux encor que tes plus beaux écrits.
Lorsque Beccaria blâmait l'excès des peines,
Et pour le genre humain voulait des lois humaines,
Exerçant à regret une sévérité
Lente, équitable, utile à la société,
Ta voix fit retentir au sein de ta patrie
Des vœux dont la sagesse honorait l'Italie :
Ta voix rendit l'honneur à l'ombre de Calas ;
Et Sirven, au supplice échappé dans tes bras,
Vit par un juste arrêt la hache menaçante
S'écarter à ta voix de sa tête innocente.

Les riches, nous dit-on, sont rarement humains :
Mais jamais l'opulence, oisive dans tes mains,
Aux plaintes du malheur n'endurcit ton oreille :
C'était peu qu'adoptant la nièce de Corneille,
Ton génie acquittât la dette des Français,
Et recueillît la gloire en semant des bienfaits ;
Chez toi les arts brillans guidaient les arts utiles ;
Le travail, qui peut tout, couvrait d'épis fertiles
Des champs que de Calvin les enfans consternés
A la ronce indigente avaient abandonnés.
Sous le joug monastique asservi dès l'enfance,
L'habitant du Jura, traînant son existence,
N'osait se délivrer, ni même se bannir :
Ses bras, chargés de fers, tendus vers l'avenir,
Invoquaient sans espoir la liberté lointaine :
Tu vis son esclavage, il vit tomber sa chaîne :
Il avait en pleurant nommé ses oppresseurs ;
Mais c'est toi qu'il nommait en essuyant ses pleurs.

Faut-il donc s'étonner si la France unanime,
Au déclin de tes ans, brigua l'honneur sublime
De léguer sur le marbre à la postérité
Les traits d'un écrivain cher à l'humanité ?
O généreux concours des amis de l'étude !
Non, ce n'est pas ainsi que l'humble servitude,
Offrant comme un tribut son hommage imposteur,

Consacre à la puissance un marbre adulateur.
Tairons-nous ce beau jour où Paris dans l'ivresse
D'un triomphe paisible honorait ta vieillesse?
Qu'on étale avec pompe aux yeux des conquérans
Des gardes, des vaincus, des étendards sanglans,
Le glaive humide encore et fumant de carnage,
Et le profane encens vendu par l'esclavage:
Ta garde était un peuple accouru sur tes pas;
Il bénissait ton nom, te portait dans ses bras;
Des pleurs de sa tendresse il ranimait ta vie;
A vanter un grand homme il condamnait l'envie;
Admirait les éclairs qui brillaient dans tes yeux;
Contemplait de ton front les sillons radieux,
Creusés par soixante ans de travaux et de gloire,
Et qui d'un siècle entier semblaient tracer l'histoire.

Ces temps-là ne sont plus: les nôtres sont moins beaux.
Les Français sont tombés sous des velches nouveaux.
Malheur aux partisans d'un âge téméraire,
Trop longtemps égaré sur les pas de Voltaire!
Nous conservons le droit de penser en secret;
Mais la sottise prêche, et la raison se tait.
Aux accens prolongés de l'airain monotone,
S'éveillant en sursaut, la pesante Sorbonne
Redemande ses bancs, à l'ennui consacrés,
Et les argumens faux de ses docteurs fourrés.

Ainsi qu'un écolier honteux devant son maître,
La Harpe aux sombres bords t'aura conté peut-être
Des préjugés bannis le burlesque retour,
Et comment il advint que lui-même un beau jour
De convertir le monde eut la sainte manie :
Tu lui pardonneras, il a fait Mélanie.
Mais qu'a fait ce pédant qui broche au nom du ciel
Son feuilleton noirci d'imposture et de fiel?
Qu'ont fait ces nains lettrés qui, sans littérature,
Au dessous du néant soutiennent le Mercure?
Oh! si, dans le fracas des sottises du temps,
Tu pouvais reparaître au milieu des vivans,
Les mains de traits vengeurs et de lauriers armées,
Comme on verrait bientôt ce peuple de Pigmées
Dans son bourbier natal replongé tout entier,
Avec Martin Fréron, Nonote et Sabatier!
  Tu livras les méchans au fouet de la Satyre.
Et qu'importe en effet qu'un rimeur en délire
Publie incognito quelque innocent écrit?
Qu'Armande et Philaminte en leurs bureaux d'esprit
Vantent nos Trissotins parés de fleurs postiches?
A quoi bon faire encor la guerre aux hémistiches?
Il faut la déclarer au vil adulateur
Qui répand dans les cours son venin délateur;
Au Zoïle impudent que blesse un vrai mérite;

A l'esclave oppresseur, à l'infame hypocrite :
Sans cesse il faut armer contre leur souvenir
Un inflexible vers que lira l'avenir.
 VOILA donc le parti qui veut par des outrages
A la publique estime arracher tes ouvrages !
Qui prétend sans appel condamner à l'oubli
Un siècle où la raison vit son règne établi !
Vain espoir! tout s'éteint; les conquérans périssent;
Sur le front des héros les lauriers se flétrissent;
Des antiques cités les débris sont épars;
Sur des remparts détruits s'élèvent des remparts;
L'un par l'autre abattus les empires s'écroulent;
Les peuples entraînés, tels que des flots qui roulent,
Disparaissent du monde; et les peuples nouveaux
Iront presser les rangs dans l'ombre des tombeaux.
Mais la pensée humaine est l'ame toute entière :
La mort ne détruit pas ce qui n'est point matière ;
Le pouvoir absolu s'efforcerait en vain
D'anéantir l'écrit né d'un souffle divin.
Du front de Jupiter c'est Minerve élancée.
Survivant au pouvoir, l'immortelle pensée,
Reine de tous les lieux et de tous les instans,
Traverse l'avenir sur les ailes du temps.
Brisant des potentats la couronne éphémère,
Trois mille ans ont passé sur la cendre d'Homère ;

Et depuis trois mille ans Homère respecté
Est jeune encor de gloire et d'immortalité :
Nos Verrès, que du peuple enrichit l'indigence,
Entendent Cicéron provoquer leur sentence ;
Tacite en traits de flamme accuse nos Séjans,
Et son nom prononcé fait pâlir les tyrans.
Le tien des imposteurs restera l'épouvante.
Tu servis la raison : la raison triomphante
D'une ligue envieuse étouffera les cris,
Et dans les cœurs bien nés gravera tes écrits.
Lus, admirés sans cesse, et toujours plus célèbres,
Du sombre Fanatisme écartant les ténèbres,
Ils luiront d'âge en âge à la postérité :
Comme on voit ces fanaux dont l'heureuse clarté,
Dominant sur les mers durant les nuits d'orage,
Aux yeux des voyageurs fait briller le rivage,
Et, signalant de loin les bancs et les rochers,
Dirige au sein du port les habiles nochers.

FIN.

www.ingramcontent.com/pod-product-compliance
Lightning Source LLC
LaVergne TN
LVHW020500230826
846091LV00008BA/3301

* 9 7 8 2 0 1 9 6 9 4 9 3 7 *